Mme Stettiner
23 Mars 1882

VENTE

des Vendredi 24, Samedi 25, Lundi 27, Mardi 28, Mercredi 29 et Jeudi 30 Ma

HOTEL DROUOT, SALLE N° 2

BEAUX

MEUBLES MODERNES

ET DE STYLES

Bronzes d'Art et d'Ameublement, Émaux cloisonnés

PORCELAINES DE CHINE, DU JAPON ET DE SAXE

BEAU MEUBLE-ÉTAGÈRE EN LAQUE

ÉTOFFES

Le tout provenant des Magasins de MM. Lévy et Worms.

EXPOSITION PUBLIQUE

Les Jeudi 23 et Dimanche 26 Mars 1882

COMMISSAIRES-PRISEURS

Me Ernest GIRARD
5, rue Saint-Georges.

Me Paul AULARD
6, rue Saint-Marc.

EXPERT

M. Charles MANNHEIM
7, rue Saint-Georges.

HONO
ADDITVS
NATVRÆ
IMPRIMERIE DE L'ART

CATALOGUE

DE BEAUX

MEUBLES MODERNES

ET DE STYLES

Vitrines, Bureaux, Tables, Sièges, Buffet, etc.

MEUBLES DE FANTAISIE

Joli Bonheur du jour en bois de placage, orné de bronzes dorés et de plaques de porcelaine.

BRONZES D'ART ET D'AMEUBLEMENT

Groupes, Statuettes, Garnitures de cheminées, Lustres, Suspensions, Lampes, Appliques, Flambeaux, etc.

ÉMAUX CLOISONNÉS DE LA CHINE ET DU JAPON

Groupes, Statuettes, Lustres en porcelaine de Saxe.

BEAU MEUBLE-ÉTAGÈRE EN LAQUE DU JAPON — GLACES, MIROIRS

BELLES ÉTOFFES

Le tout provenant des Magasins de MM. LÉVY et WORMS

ET DONT LA VENTE AURA LIEU EN EXÉCUTION D'ORDONNANCE

HOTEL DROUOT, SALLE N° 2

Les Vendredi 24, Samedi 25, Lundi 27, Mardi 28, Mercredi 29 et Jeudi 30 mars 1882

Par le Ministère de Mᵉ Ernest GIRARD, commissaire-priseur, à Paris, 5, rue Saint-Georges

Et par le Ministère de Mᵉ Paul AULARD, commissaire-priseur, à Paris, 6, rue Saint-Marc

Assistés de M. Charles MANNHEIM, expert, 7, rue Saint-Georges

---

EXPOSITION PUBLIQUE

Les Jeudi 23 et Dimanche 26 Mars 1882

De deux heures à six heures.

CONDITIONS DE LA VENTE

Elle sera faite au comptant.

Les acquéreurs payeront *cinq pour cent* en sus des enchères.

L'exposition mettant le public à même de se rendre compte de l'état des objets, il ne sera admis aucune réclamation une fois l'adjudication prononcée.

DÉSIGNATION DES OBJETS

MEUBLES

1 — Bonheur du jour de style Louis XVI, bois satiné garni de bronzes ciselés et dorés et enrichi de plaques de porcelaine tendre représentant des jeux d'Amours par Labarre.

2 — Meuble-vitrine en bois d'ébène garni de bronzes ciselés et dorés et fermant à trois portes vitrées. Style Louis XIV.

3 — Deux meubles de même modèle que celui qui précède, mais à une seule porte vitrée.

4 — Deux vitrines de style Louis XVI, en bois d'acajou à colonnes cannelées aux angles et à moulures en cuivre poli.

5 — Meuble d'entre-deux de style Louis XVI, à porte et côtés arrondis en marqueterie de bois, à trophées et fleurs sur fond bois de citron et à colonnes détachées. Il est garni de bronze ciselé et doré au mat.

6 — Meuble-vitrine de style Louis XVI, en bois satiné frisé noir avec panneaux en laque du Japon et colonnes cannelées. Il est garni en bronze doré et ses deux portes sont vitrées.

7 — Meuble-vitrine à hauteur d'appui en bois de violette garni d'ornements rocaille en bronze ciselé et doré, et à dessus de marbre brèche. La porte et les côtés sont vitrés.

8 — Commode du temps de la Régence, en bois satiné et bois de violette, garnie de bronze doré et à dessus de marbre.

9 — Armoire à glace en bois noir à colonnes détachées aux angles et fermant à une porte.

10 — Table de salon de style Louis XIV, en bois sculpté et doré avec pieds reliés par un entrejambes et à dessus en drap vert.

11 — Enveloppe de coffre-fort en bois noir.

12 — Table à jouer, en bois noir.

13 — Lit de style Louis XVI, en bois sculpté et doré, avec garniture en tapisserie d'Aubusson.

14 — Grand meuble cartonnier en bois noir.

15 — Enveloppe de coffre-fort en bois noir, fermant à deux portes et simulant un meuble à tiroirs.

16 — Bureau plat de style Louis XVI, en bois d'acajou et moulures de cuivre.

17-18 — Deux tables de style Louis XIII, en marqueterie de bois et encadrement incrusté d'ivoire sur pieds tors en bois noir.

19 — Petit bureau à cylindre de style Louis XVI, en bois d'acajou, garni de moulures et à cannelures en cuivre poli.

20 — Bureau plat arrondi à ses extrémités, en bois noir incrusté de filets de cuivre et garni de bronze doré. Dessus en drap rouge.

21 — Table à ouvrage de style Louis XV, en marqueterie de bois à fleurs et ornements, garnie de bronze doré.

22 — Table à ouvrage style Louis XV, en bois satiné avec encadrements et chutes en bronze doré.

23 — Table à ouvrage de style Louis XVI, de forme ovale, en bois d'acajou, garnie de bronzes dorés et à dessus en marbre brocatelle d'Espagne.

24 — Table tricoteuse de style Louis XVI, en bois d'acajou avec moulures en cuivre poli.

25 — Table à thé de travail anglais, composée d'un large plateau rond en faïence blanche à décor

bleu, sur pied en bois noir. Elle est accompagnée de diverses pièces en faïence, telles que : tasses, théières, pot à crème, etc.

26 — Bureau de style Louis XV, en bois de violette, richement garni d'ornements rocaille en bronze ciselé et doré. Dessus en drap marron.

27 — Autre bureau de style Louis XV, en marqueterie de bois garni d'ornements en bronze ciselé et doré. Dessus en drap grenat.

28 — Table rectangulaire en marqueterie d'ivoire, bois et cuivre, dite *certosine*. Les pieds et l'entrejambes sont formés de colonnes.

MEUBLES EN BOIS SCULPTÉ

29 — Beau buffet de style Henri II, en bois sculpté à ornements, têtes casquées, etc., et enrichi de colonnes cannelées.

30 — Table à rallonges de style Henri II, à arcatures et pieds tournés.

31 — Table de style Renaissance, en bois de noyer sculpté, à têtes de lion et entrejambes à balustres.

32 — Table de salle à manger, de forme carrée, à angles arrondis sur quatre pieds à colonnes.

33 — Table de style Renaissance, en bois de noyer avec entrejambes à balustres. Les pieds sont formés par des griffes de lion.

34 — Écran en bois de noyer sculpté avec feuille en étoffe.

MEUBLES EN LAQUE DU JAPON

ET DE STYLE ORIENTAL

35 — Magnifique cabinet-étagère avec parties tournantes en laque noir du Japon à riche décor en relief à fleurs et enrichi d'incrustations de nacre. Il repose sur une table à quatre pieds en laque noir et or.

36 — Deux pagodes fermant à deux portes, en laque noir du Japon à riche décor d'or et garnies d'ornements en cuivre gravé et doré. Elles renferment des compartiments en laque rouge et des tiroirs en laque aventuriné.

37-38 — Deux grands paravents à six feuilles, en étoffe brodée du Japon avec monture en laque noir.

39-40 — Deux paravents analogues à ceux qui précèdent, mais plus petits et à quatre feuilles.

41 — Beau meuble-étagère en bois sculpté enrichi d'incrustations du Tonkin en nacre et burgau.

42 — Autre beau meuble-étagère en bois de sycomore sculpté à figures et ornements, enrichi de parties découpées à jour. Travail français de style chinois.

43 — Table-bureau en bois de sycomore gravé et sculpté et surmontée d'une petite étagère.

44 — Table analogue plus grande, surmontée d'un casier incrusté de nacre et de burgau.

45 — Guéridon chinois en bois de fer et à dessus de marbre.

46 — Beau panneau décoré de trois figures de guerriers japonais, rapportées en relief en bois laqué, ivoire, etc.

47 — Panneau de forme cintrée incrusté de figures en relief exécutées en nacre, ivoire, bois, etc.

48 — Panneau offrant, dans un médaillon rond en laque à fond vert, une figure de femme en relief laquée en couleurs et or.

49 — Panneau incrusté d'ivoire en relief et représentant un serpent poursuivant des chauves-souris.

50 — Autre panneau incrusté de deux figures d'enfants, en ivoire et bois en relief.

51 à 53 — Six autres panneaux décorés d'incrustations en relief et représentant des sujets variés. Ce lot sera divisé.

54-55 — Neuf grands et beaux panneaux du Tonkin incrustés de nacre et de burgau.

56 — Quatre autres panneaux de même travail.

57 — Sept panneaux de laque variés de dimensions et de décor.

58 — Deux grands et beaux panneaux japonais, décorés de figures en relief exécutées en ivoire et en bois laqué.

59 — Deux grands panneaux en laque aventuriné du Japon à décor d'or.

COLONNES ET SUPPORTS

60 — Deux colonnettes en marbre bleu turquin avec chapiteaux corinthiens en bronze doré, sur socles et avec plateaux en marbre vert de mer.

61 — Deux fûts de colonnes cannelées en bois noir, de style Louis XVI, garnis de guirlandes de fleurs en bronze.

62 — Support formé d'une Chimère assise, en bois noir. Travail italien.

63 à 65 — Cinq supports formés chacun d'une figure de nègre accroupi, en bois sculpté rehaussé de dorure. Travail italien.

66 — Deux supports ou torchères en bois noir sculpté, formés d'une figure de satyre debout. Travail italien.

GLACES ET MIROIRS

67 — Grande glace de style vénitien gravée à fleurs et encadrement à appliques rapportées.

68 — Grande glace biseautée avec cadre riche, à fronton en bois sculpté doré et découpé à jour.

69 — Deux glaces cintrées avec cadres dorés, de style Louis XIV.

70 — Deux glaces biseautées avec cadres dorés, de style Louis XV.

71 — Glace biseautée, avec cadre Louis XVI en bois sculpté et doré.

72 — Miroir carré à biseaux, avec cadre à moulures en bois noir.

PENDULES ET CANDÉLABRES

73 — Pendule œil-de-bœuf de style Louis XIV, en bronze ciselé et doré, surmontée de la figure du Temps et reposant sur un socle en marbre vert de mer avec appliques en bronze doré.

74 — Deux grandes girandoles de style Louis XIV, en bronze doré à six branches porte-lumières et tige ornée de trois cariatides d'enfants.

75 — Grande pendule de style Louis XVI, en bronze doré au mat, modèle à balustres, rinceaux et cariatides.

76 — Deux grands candélabres de même style, composés chacun de deux figures de femmes en bronze vert supportant un bouquet composé de neuf branches porte-lumières à rinceaux, et reposant sur un socle oblong en bronze doré.

77 — Garniture de cheminée : pendule et candélabres de style Louis XIV, en bronze doré, sur socles ornés de tabliers.

78 — Belle garniture de cheminée composée d'une pendule à cage en bronze doré au mat, supportée par des rinceaux et surmontée d'un vase. Les candélabres également en bronze doré au mat

sont à sept branches porte-lumières qui s'échappent d'un vase reposant sur un socle supporté par des rinceaux.

79 — Pendule composée d'une figure de bacchante couchée, en bronze, d'après Clodion, sur socle en marbre griotte.

80 — Garniture de cheminée : pendule et candélabres à quatre lumières en bronze poli, modèle dit : *Charles-Quint*.

81 — Garniture de cheminée : pendule et candélabres en bronze, modèle dit Renaissance.

82 — Pendule éléphant, bronze florentin et socle rocaille en cuivre poli.

83 — Deux bouts de table, enfants bronzés et cuivre poli pouvant former garniture avec la pendule qui précède.

84 — Garniture de cheminée : pendule et candélabres en cuivre rouge, la pendule de forme carrée, avec dôme découpé à jour.

85 — Pendule de style Louis XVI, modèle à cage, en bronze doré au mat, sur socle en marbre blanc.

86 — Deux cassolettes en marbre blanc garnies de bronze doré. Style Louis XVI.

87 — Deux candélabres à deux lumières composés chacun d'une figure de satyre ou de femme satyre en bronze florentin sur pied en bronze doré. Style Louis XIV.

88 — Garniture composée d'une pendule et de deux candélabres en bronze poli à ornements et couronnes découpés à jour.

89 — Garniture de cheminée : pendule et candélabres à trois lumières, en bronze noir, genre vieux fer.

90 — Garniture de cheminée : pendule et candélabres en cuivre poli à ornements découpés à jour. La pendule est de forme carrée.

91 — Garniture de cheminée : pendule et candélabres à quatre lumières en cuivre poli. La pendule est ornée d'un dais supporté par quatre colonnettes.

92 — Garniture de cheminée : pendule et candélabres en bronze oxydé, modèle dit : Richelieu.

93 — Garniture de cheminée : pendule et candélabres à cinq lumières, en cuivre poli, modèle à cariatides. Style Louis XIV.

94 — Pendule-applique en forme de gourde, en bronze oxydé avec cadran à cartouches et découpé à jour. Style Renaissance.

95 — Petite pendule en bronze noir et or décorée à l'imitation de la damasquine.

LUSTRES ET SUSPENSIONS

96 — Très grand lustre à consoles à quarante-huit lumières, en bronze doré, richement garni de cristaux imitant le cristal de roche.

97 — Lustre de style Louis XVI, en bronze verni, à vingt-quatre lumières, garni de cristaux, modèle à cordes et couronne de roses.

98 — Lustre de même style, modèle à dôme, à vingt-quatre lumières.

99 — Lustre de style Louis XIV, modèle à consoles en cuivre garni de plaquettes, style Bohème, à dix-huit lumières.

100 — Lustre de style Louis XVI, à douze lumières, en bronze et cristaux.

101 — Lustre de style Louis XIV, à douze lumières, en cuivre et cristaux surmonté d'une couronne.

102 — Lustre de style Louis XIV, en cuivre poli, à dix-huit lumières.

103 — Lustre de style Renaissance, en bronze oxydé, à douze lumières.

104 — Lustre modèle flamand, en cuivre poli, à dix lumières.

105 — Petit lustre en bronze et cristaux, à dix-huit lumières.

106 — Lustre style Renaissance, en cuivre poli, à dix-huit lumières.

107 — Lustre de style Louis XVI, en bronze verni, à dix-huit lumières.

108 — Petit lustre de style flamand, en cuivre poli, à six lumières.

109 — Petit lustre de style gothique, en cuivre poli, à dix-huit lumières.

110 — Lustre style Renaissance, en cuivre poli, à dix-huit lumières.

111 à 113 — Trois suspensions de salle à manger, en bronze poli, variées de modèles.

114 — Lustre à gaz à douze lumières en bronze doré, garni de cristaux taillés.

115 — Deux lustres à gaz de style Renaissance, en cuivre poli, à douze lumières.

116 — Grand lustre à gaz en cuivre rouge, à vingt lumières.

BRAS-APPLIQUES

117 — Deux très grands bras-appliques à sept lumières en bronze ciselé et doré de style Louis XVI, modèle à rinceaux, rubans et branches de lauriers.

118 — Deux appliques de style Louis XVI, à trois lumières, en bronze doré, suspendues par des nœuds de rubans.

119 — Deux bras-appliques à trois lumières en bronze ciselé et doré, modèle à rinceaux et têtes de dragons.

120 — Deux bras-appliques à trois lumières en bronze ciselé et doré, modèle à vase et guirlandes.

121 — Deux bras-appliques à quatre branches au gaz, en cuivre rouge.

122 — Deux bras à sept lumières disposés pour le gaz, en bronze doré et cristaux.

FLAMBEAUX

123 — Deux grands flambeaux de style Louis XVI, en bronze ciselé et doré, modèle à cannelures et feuilles.

124 — Deux flambeaux de style japonais, en bronze doré sur fond noir.

125 — Deux flambeaux de style Louis XVI, en bronze ciselé et doré à feuilles et ornements.

126 — Deux grands flambeaux de style Louis XV, en bronze ciselé et doré à cariatides d'enfants.

127 — Deux petits flambeaux de style Louis XV, en bronze doré, modèle rocaille.

128 — Deux petits flambeaux, dauphins en bronze sur pieds carrés en cuivre poli.

129 — Deux très petits flambeaux-bougeoirs en cuivre poli.

BRONZES D'ART

130 — Grand et beau groupe en bronze, l'Amour vainqueur, composition de trois figures.

131 — Deux grands et beaux groupes en bronze, d'après Jean de Bologne. Enlèvements.

132 — Deux groupes semblables à ceux qui précèdent.

133 — Deux groupes en bronze doré au mercure : les Chevaux de Marly.

134 — Jolie statuette en bronze par *Aug. Moreau* : la Petite Fille au canard. Patine bronze médaille.

135 — Deux statuettes en bronze par A. Bourgeois : le Charmeur de serpents et Laveuse.

136 — Groupe en bronze d'après Clodion : Bacchante aux raisins.

137 — Groupe en bronze : l'Éducation d'Achille. Patine verte.

138 — Statuette en bronze d'après Coysevox : le Berger flûteur.

139 — Statuette en bronze d'après Rousseau : Ulysse tendant son arc.

140 — Groupe en bronze, patine brune : Enlèvement de Déjanire.

141 — Groupe en bronze verdâtre : Milon de Crotone.

142 — Statuette en bronze : Philopœmen.

143 — Statuette représentant également Philopœmen, mais plus petite.

144 — Statuette en bronze noir : Orphée.

145 — Statuette d'après l'antique : Narcisse.

146 — Groupe en bronze : Enée et Anchise suivis du jeune Ascagne.

147 — Statuette en bronze : Silène d'après l'antique.

148 — Deux petites statuettes de Bacchantes en bronze sur socles en marbre griotte.

149 — Deux statuettes en bronze : Danseurs de l'Orient.

150 — Grande jardinière de forme oblongue en bronze doré sur fond noir, de style japonais, à fleurs et oiseaux en relief ; elle est garnie en bronze doré.

151 — Figure de Moïse, d'après Michel-Ange. Bronze noir.

PETITS BRONZES

152 — Encrier en bronze ciselé et poli à deux godets en forme de vase sur plateau rectangulaire.

153 — Encrier analogue à celui qui précède, à un godet et sur plateau carré.

154 — Encrier carré à godrons en cuivre poli et cariatides de femmes ailées aux angles en bronze. Style Renaissance.

155 — Encrier en forme de vase à couvercle surmonté d'un sphinx et sur plateau carré en cuivre poli.

156 — Encrier de même style sur plateau plus grand à deux anses.

157 — Sonnette de style japonais en bronze doré sur fond noir.

158 — Plumier en cuivre à galerie découpée.

BRONZES DE L'ORIENT

159 — Deux grands et beaux vases à panse ovoïde sur pied mobile et à anses branchages. Le couvercle est surmonté d'un oiseau.

160 — Deux vases en forme de balustre en bronze du Japon, incrusté d'or et d'argent, décorés de médaillons personnages dans des paysages.

161 — Vase à panse lenticulaire en bronze japonais décoré de figures de femmes en relief.

162 — Vase en forme de balustre carré, à deux anses, décoré d'un large bandeau d'ornements en relief.

163 — Brûle-parfums formé d'une Chimère debout supportant un vase en bronze, incrusté de perles de verre coloré.

164 — Deux vases en forme de balustre carré, à deux anses, imitant l'osier, et à branches de fleurs en relief.

165 — Vase carré simulant une fontaine brisée d'où s'échappe du liquide, ainsi qu'une figurine. Il repose sur un socle servant également de base à trois statuettes.

166 — Deux vases analogues à celui qui précède, mais plus grands.

167 — Vase en bronze à panse décorée d'un dragon en relief et monté sur un pied mobile formé d'un dragon.

168 — Petite coupe ronde à deux anses formées de dragons.

169 — Éléphant en bronze supportant un cornet porte-bouquet.

170 — Deux porte-bouquet en bronze à ornements ajourés, sur pieds mobiles.

171-172 — Quatre petites jardinières carrées en bronze à ornements et oiseaux en relief.

173 — Pitong cylindrique en bronze à jour décoré de Chimères.

174 — Petite jardinière basse et carrée à angles rentrants, sur quatre pieds bas, décorée de caractères en relief.

175 — Petit groupe en bronze, cavalier sur un pont et autres personnages.

176-177 — Sept très petites théières en bronze du Japon.

178 — Vase en forme de cornet à panse renflée à côtes en bronze. Travail chinois.

179 — Deux grands bougeoirs à main en cuivre gravé et doré. Ancien travail japonais.

180 — Presse-papier en forme de crapaud en bronze.

181 — Réchaud en bronze décoré de branches de fleurs argentées.

182-191 — Quarante gardes de sabres en bronze et en fer incrusté d'or et d'argent. Ce lot sera divisé.

192-193 — Onze petits animaux en cuivre argenté.

194 — Trois pièces en bronze : brûle-parfums en forme de bateau et deux statuettes.

195 — Plateau rond en bronze du Japon, incrusté d'or et d'argent et monté sur trois pieds à têtes chimériques.

196 — Jardinière carrée en bronze du Japon à médaillons, fleurs et oiseaux en relief et à anses têtes d'éléphant aux angles.

197 — Deux autres jardinières japonaises en bronze, de forme ronde, à anses branches de vigne.

198 — Trois petits vases japonais à panse carrée et gorge ronde en bronze imitant l'osier et insectes en relief.

199 — Homard en bronze. Travail japonais.

200 — Petit groupe en bronze : Hérons et tortues sur rocher.

LAMPES

201 — Deux très grandes et belles lampes montées dans de grands vases en forme de balustre, poterie de Satzuma à riche décor de personnages en or et couleurs. Elles sont garnies de riches montures en bronze doré de style japonais.

202 — Deux autres lampes montées dans des vases en poterie de Satzuma, mais moins grandes que celles qui précèdent.

203 — Deux autres lampes de même travail, mais encore plus petites.

204 — Deux très belles lampes montées dans des vases cylindriques, en émail cloisonné de la Chine à fond noir, décorés d'oiseaux, de fleurs et d'ornements et garnis en bronze ciselé et doré.

205 — Deux belles lampes montées dans des vases en forme de bouteille, en émail cloisonné de la Chine, décorés de fleurs et d'oiseaux sur fond bleu turquoise et garnis de montures de style japonais, en bronze noir frotté d'or.

206 — Deux lampes en émail cloisonné de la Chine, à fleurs et oiseaux sur fond bleu turquoise, montées en bronze doré.

207 — Deux lampes montées dans des vases forme carafe, en émail cloisonné de la Chine à fond noir.

208 — Lampe montée dans un vase en émail cloisonné du Japon, décor de poissons sur fond aventuriné et encadrements bleus. Monture en bronze doré de style japonais.

209 — Deux lampes montées dans des pitongs, en émail cloisonné de la Chine, fond bleu turquoise à médaillons de fleurs sur fond blanc. Elles sont garnies en bronze doré.

210 — Deux lampes formées de vases en émail cloisonné de la Chine, décorés de fleurs sur fond blanc et montés en bronze doré.

211 — Deux lampes montées dans des vases cylindriques en émail cloisonné de la Chine, fond bleu turquoise, à fleurs et médaillons à fond noir. Elles sont garnies en bronze doré.

212 — Deux lampes formées de tonnelets en porcelaine du Japon fond vert d'eau, à décor en relief en or et couleurs. Montures en bronze doré.

213 — Deux lampes montées dans des vases cylindriques japonais, en fer, avec appliques rapportées en bronze doré.

214 — Deux lampes montées dans des vases cylindriques en bronze niellé du Japon. Monture en bronze noir rehaussé d'argent.

215 — Deux lampes en faïence du Japon à décor bleu sur blanc. Monture en bronze fumé.

216 — Deux autres lampes en cuivre guilloché et bronzé.

ÉMAUX CLOISONNÉS DE LA CHINE

217 — Deux grands et beaux vases en forme de bouteille, en émaux cloisonnés de la Chine fond bleu turquoise et médaillons de fleurs et d'oiseaux sur fond varié de nuances. Les anses sont formées de dragons en bronze doré.

218 — Deux jardinières de forme sphérique en émail cloisonné de la Chine fond bleu turquoise semé de fleurs.

219 — Jardinière ovale à lobes, en émail cloisonné de la Chine à fond rose, décorée de fleurs et montée en bronze doré.

220 — Jardinière de forme sphérique à lobes en émail cloisonné de la Chine à fond noir et fleurs, garnie en bronze doré.

221 — Jardinière ovale à lobes décorée de fleurs sur fond bleu turquoise et garnie d'une monture à anse en bronze doré.

222 — Jardinière ronde et profonde en émail cloisonné de la Chine à fond bleu turquoise, fleurs et médaillons dragons. Elle est garnie d'une monture de style chinois en bronze doré.

223-224 — Quatre petits vases en forme de balustre surbaissé fond bleu turquoise et fleurs, montés en bronze doré.

225 — Coupe ronde et plate en émail cloisonné de la Chine, garnie en bronze doré.

226 — Théière en émail cloisonné de la Chine à goulot à tête d'oiseau.

227 — Deux flambeaux formés de canards debout en émail cloisonné de la Chine et montés en bronze doré au mercure.

228 — Deux cornets à lobes en émail cloisonné de la Chine fond bleu turquoise et fleurs, montés en bronze doré.

229 — Deux petits bouts de table montés dans des vases en émail cloisonné de la Chine fond bleu turquoise, garnis en bronze doré et à deux branches porte-lumières.

230 — Deux très petits vases à panse godronnée, en émail cloisonné de la Chine, décorés de fleurs sur fond bleu et montés en bronze doré.

ÉMAUX CLOISONNÉS DU JAPON

231 — Deux petits vases en forme de balustre surbaissé, en émail cloisonné du Japon à fond noir, décorés de dragons et d'attributs divers. Le pied et la gorge sont à fond rouge.

232 — Deux vases de même forme et de même travail, mais de décor différent.

233 — Deux jolis vases en forme de balustre, en émail cloisonné du Japon, à fond noir, décorés de grenouilles et de fleurs. La base et le col sont émaillés rouge aventurine.

234 — Deux vases de même forme, à fond vert, décorés d'oiseaux, de fleurs et d'ornements. Ils sont montés sur des pieds en bronze doré.

235 — Deux bouteilles en émail cloisonné du Japon à fond vert.

236 — Deux vases en forme de balustre allongé, en émail cloisonné du Japon, décorés de fleurs et d'oiseaux sur fond rouge.

237 — Deux petites potiches à couvercle en émail cloisonné du Japon à fond bleu, vert et aventurine.

238 — Deux petits vases en forme de balustre, en émail cloisonné du Japon à fond noir, décorés d'ornements et gorge à fond rouge.

239 — Deux vases de même travail, à panse ovoïde allongée et gorge à imbrications très fines.

240 — Deux petits vases en forme de balustre, en émail cloisonné du Japon, fond jaune aventurine.

241 — Deux vases balustres fond vert foncé, décorés de fleurs et de figures.

242-244 — Six cornets porte-fleurs en émail cloisonné du Japon, montés en bronze doré.

245-247 — Six petits vases balustres, en émail cloisonné du Japon à fond noir et médaillons bleu turquoise.

248 — Trois vide-poches ovales, fond bleu turquoise et fleurs, montés en bronze doré.

249 — Trois coupes rondes et plates, en émail cloisonné du Japon, garnies en bronze doré et variées de décors et de dimensions.

250 — Dix-huit très petits vases porte-bouquets à fonds variés de nuances et décorés de fleurs. Ils sont montés en bronze doré.

251 — Seize petits vases analogues à ceux qui précèdent, mais sans monture.

252 — Six petits pitongs cylindriques en émail cloisonné du Japon, à fleurs et insectes sur fond jaune.

253 — Deux encriers montés dans des petits vases à couvercle, en émail cloisonné du Japon, décorés de fleurs sur fond jaune aventurine.

254 — Cinq autres encriers en émail cloisonné du Japon à fond bleu, montés sur plateaux en bronze niellé.

255 — Deux petits boites rondes en émail cloisonné du Japon à fond rouge.

256 — Deux très petits vases de forme sphérique, à médaillons bleus sur fond blanc.

PORCELAINES ET POTERIES

DE LA CHINE ET DU JAPON

257 — Belle potiche à couvercle en ancienne porcelaine du Japon à riche décor en bleu rouge et or. Le couvercle est surmonté d'un lapin.

258 — Deux potiches en ancienne porcelaine de Chine, décorées de fleurs et d'oiseaux en émaux de la famille rose.

259 — Petit vase balustre à deux anses en ancienne porcelaine de Chine, décoré de figures et d'attributs en camaïeu bleu.

260 — Cornet en vieux Japon à décor bleu : fleurs, oiseaux et ornements.

261 — Vase à pans en poterie de Satzuma à riche décor en or et couleurs, personnages et fleurs.

262 — Deux petits vases balustres de même qualité.

263 — Deux autres très petits vases en forme de potiche en poterie de Satzuma.

264 — Petit vase cylindrique en ancienne porcelaine de Chine, décoré en émaux de la famille verte à figures.

265 — Vase ovoïde en porcelaine de Chine, décoré de dragons rouges.

266 — Vase en forme de balustre en porcelaine de Chine à décor bleu et rouge de cuivre.

267 — Vase en forme de balustre en céladon vert d'eau, décoré de fleurs et oiseaux émaillés bleu et blanc.

268 — Vase forme gourde, en porcelaine de Chine. décoré de dragons et d'ornements en rouge de cuivre.

269 — Deux petites jardinières rondes en porcelaine de Chine, à décor polychrome figures et ornements.

270 — Tasse présentoir et deux couvercles décorés de personnages et d'ornements.

271 — Flacon à pans en porcelaine du Japon à décor bleu.

272-273 — Deux paires de petits vases en porcelaine du Japon décorés à l'imitation de laque. poissons, fleurs, etc.. en or sur fond noir.

274 — Petit vase ovoïde à couvercle de même décor.

275 — Deux potiches à couvercle en porcelaine du Japon à décor bleu à fleurs.

276 — Deux belles potiches à couvercle en poterie de Satzuma à riche décor de paysages, oiseaux et fleurs en couleurs et or.

277 — Potiche en vieux Japon à décor bleu à paysage avec couvercle en bois sculpté.

278 — Six assiettes en ancienne porcelaine du Japon.

279 — Douze assiettes en porcelaine de Chine à fond vert et fleurs émaillées.

280 — Onze soucoupes en porcelaine de Chine à décors variés.

281 — Figure d'homme debout tenant un écran, en poterie de Satzuma.

282 — Deux vases en poterie de Satzuma à panse sphérique et col cylindrique à deux anses décorés de fleurs et d'oiseaux en or et couleurs.

283 à 288 — Sept petites coupes rondes et basses en poterie de Satzuma, décorées de fleurs en couleurs et or.

289 — Huit petites boîtes en poterie de Satzuma à décors variés.

290 — Trois bols en porcelaine du Japon, l'un d'eux à bords à jour, décor polychrome.

291 — Petite soupière en porcelaine du Japon à décor en bleu rouge et or.

292 — Trois compotiers en ancienne porcelaine de Chine, décorés de fleurs.

293 — Petit bol en vieux Chine à décor en émaux de la famille verte.

PORCELAINES TENDRES

294 — Deux beaux vases ovoïdes en porcelaine tendre, fond gros bleu à sujets mythologiques par *Labarre*, garnis de riches montures en bronze doré de style Louis XVI.

295 — Deux vases en porcelaine tendre fond bleu turquoise à médaillons genre Boucher, montés en bronze doré. Style Louis XVI.

296 — Deux vases analogues à ceux qui précèdent mais à fond rose.

297 — Joli plat rond en porcelaine tendre fond bleu turquoise, rehaussé de dorure et buste de jeune femme, peint par *Labarre*. Le bord gros bleu est décoré de rinceaux d'or.

298 — Plat analogue à celui qui précède : buste de jeune Arménienne par *Labarre*.

299 — Cinq assiettes en porcelaine tendre fond gros bleu et décors variés.

300 — Dix-neuf assiettes en porcelaine tendre fond gros bleu et portraits de personnages célèbres.

301 — Assiette en porcelaine tendre, buste de jeune Japonaise par *Labarre*.

302 — Sept assiettes en porcelaine dure, à décor genre Sèvres.

PORCELAINES DE SAXE

303 — Très grand vase en porcelaine de Saxe portant le buste et les armes du roi Louis XV. Il est enrichi de figures de renommées et de fleurs en haut-relief.

304 — Lustre en porcelaine de Saxe à douze lumières, orné de figurines et de bouquets de fleurs.

305 — Lustre analogue à celui qui précède, à neuf lumières.

306 — Autre lustre de même style à six lumières.

307 — Deux bras-appliques à deux lumières de style Louis XV, en porcelaine de Saxe.

308 — Miroir de toilette avec cadre en porcelaine de Saxe, composé de feuillages et de figurines.

309 — Autre miroir de toilette de forme ovale avec cadre en porcelaine de Saxe, surmonté de deux figurines d'Amours.

310 — Grand groupe en porcelaine de Saxe : le Triomphe de Neptune, composition de sept figures.

311 — Deux grands groupes en porcelaine de Saxe : le Triomphe de Galatée, composition de dix figures.

312 — Deux candélabres à trois lumières ornés de figurines en porcelaine de Saxe : Jardinier et Jardinière.

313 — Groupe en porcelaine de Saxe : l'École d'amour.

314 — Autre groupe : l'Hésitation.

315-323 — Dix-huit groupes en porcelaine de Saxe, représentant des sujets variés.

324 — Potiche à couvercle en porcelaine de Saxe à branches de fruits en relief.

325-326 — Deux petites pendules en porcelaine de Saxe ornées chacune d'une figurine assise.

327-328 — Quatre bustes de poupons en porcelaine de Saxe.

329-331 — Six flambeaux à une et deux lumières en porcelaine de Saxe, ornés de figurines.

332 — Soupière ovale à deux anses à fleurs en relief. Le couvercle est surmonté de deux figurines d'enfants.

333-334 — Quatre flacons à fleurs et fruits en relief.

335 — Deux corbeilles oblongues à deux anses en porcelaine de Saxe.

336 — Deux figurines accroupies : Chinois et Chinoise à tête et mains mobiles.

337 — Deux figurines de même modèle mais plus petites.

338-342 — Vingt-huit animaux en porcelaine de Saxe : chiens, ours, oiseaux, etc.

343-350 — Quarante-sept figurines variées en porcelaine de Saxe.

351-352 — Cinq petits groupes en porcelaine de Saxe.

353 — Deux flacons à fond bleu et décor en camaïeu.

354-360 — Cent douze très petits animaux divers en porcelaine de Saxe.

361 — Cabaret en porcelaine de Saxe, genre Capo di Monte.

362 — Écuelle avec plateau, genre Capo di Monte.

363 — Aiguière et son plateau en porcelaine de Saxe, genre Capo di Monte.

364 — Deux tasses avec soucoupes en porcelaine de Saxe, genre Capo di Monte.

365 — Service à café en porcelaine de Saxe à décor bleu. Il se compose de douze tasses avec soucoupes et trois grandes pièces.

366 — Cinquante-neuf assiettes en porcelaine de Saxe à décors variés. Ce lot sera divisé.

367 — Vingt-deux assiettes à dessert en porcelaine de Berlin décorées de jetés de fleurs.

368 — Deux seaux à rafraîchir en porcelaine de Saxe décorés de fleurs et à anses à mascarons.

369 — Deux verrières de mêmes porcelaine et décor.

370 — Trois pièces en porcelaine de Saxe : bol, pot à crème et cuiller.

371 — Petite soupière et sucrier avec cuiller en porcelaine hongroise décorés de fleurs.

372 — Groupe de deux hiboux en porcelaine de Saxe.

373 — Deux petits bouts de table en porcelaine de Saxe à deux lumières, ornés de figurines de berger et de bergère.

374 — Grand vase à couvercle en forme de balustre en porcelaine de Saxe, à anses formées de branches de fleurs. La panse et le couvercle sont ornés de fleurs en ronde bosse.

375 — Lot de bouquets pour girandoles et branches pour lustres en porcelaine de Saxe.

OBJETS VARIÉS

376 — Trois petits groupes de guerriers en ivoire. Travail japonais.

377 — Trois pièces en ivoire sculpté de même travail dont deux petits groupes et un bouton lenticulaire.

378-380 — Trois pitongs cylindriques en bambou sculpté à figures, variés de décors et de dimensions.

381 — Deux pitongs en bambou laqué vert avec appliques en bronze.

382 — Miroir biseauté avec cadre de style oriental en bronze argenté et doré.

383 — Porte-bouquet en vert bleu à arêtes saillantes.

384 — Porte-bouquet en forme de gourde aplatie, à quatre pieds en verre violet et bleu.

385 — Deux vases porte-bouquets en verre bleu et à reflets métalliques avec peintures.

SIÈGES

386 — Marquise de style Louis XV, en bois sculpté et doré, couverte en étoffe ancienne, à fleurs brochées sur fond blanc.

387 — Fauteuil en bois sculpté de style Louis XVI, couvert en tapisserie d'Aubusson à fond vert et médaillons personnages encadrés de fleurs.

388 — Fauteuil style Renaissance, en bois de noyer sculpté couvert en panne ponceau.

389 — Grand fauteuil de style Louis XIV, en bois de noyer sculpté, couvert en velours de Gênes grenat ton sur ton.

390 — Fauteuil style Renaissance, en bois de noyer sculpté recouvert en peluche verte.

391 — Fauteuil style Louis XVI, bois noir et or, recouvert en lampas broché, modèle à médaillon ovale.

392 — Fauteuil analogue à celui qui précède, blanc et or.

393 — Deux petites chaises style Henri II, en bois de noyer, recouvertes en velours de Gênes bleu clair ton sur ton.

394 — Chaise de même style entièrement couverte d'étoffe ancienne lamée d'argent à fond blanc et de peluche.

395 — Petite chaise de style Louis XIII, en bois de noyer, recouverte en velours vert frappé.

396 — Deux chaises de style Louis XVI, en bois d'acajou et cuivre, recouvertes d'étoffe ancienne à fond blanc.

397 — Chaise de style Louis XVI, en bois sculpté et doré, modèle à crosse et colonnettes, recouverte en lampas broché à fond blanc.

398 — Pouf, coussins contrariés en peluche bleue et capucine ; le dessus formé d'une broderie japonaise à fond bleu.

399 — Chaise forme dite Élisabeth, en bois de noyer sculpté, avec siège en velours de Gênes à dessin vert sur fond rosé.

400 — Chaise de style Renaissance, en bois de noyer, garnie de peau de truie et de clous d'acier.

401 — Fauteuil de style Louis XVI, en bois de noyer ancien, couvert de lampas à fond vert clair.

402 — Chaise forme Élisabeth, en bois de noyer, recouverte en cuir rouge du Levant et garnie de clous à têtes de cuivre.

403 — Chaise de style Louis XIV, en bois sculpté et doré, couverte en lampas ponceau ton sur ton.

404 — Pouf carré avec draperies en peluche grenat et dessus formé d'un morceau de brocart à fond d'or et d'argent.

405 — Grand fauteuil style Louis XIV, en bois sculpté et doré, couvert en velours de Gênes à dessin en vieux vert sur fond crème.

406 — Fauteuil semblable à celui qui précède et couvert en lampas ponceau ton sur ton.

407 — Fauteuil style Renaissance, en bois de noyer rehaussé d'or, couvert en velours vert frappé.

408 — Chaise de même style que le fauteuil qui précède.

409 — Fauteuil de style Henri II, entièrement couvert en velours frappé vieux vert.

410 — Fauteuil semblable à celui qui précède, couvert en velours frappé havane.

411 — Fauteuil Louis XIV en bois de noyer sculpté, couvert en lampas à fleurs brochées sur fond blanc.

412 — Fauteuil de style Louis XIII, en bois sculpté à têtes de lion et colonnes torses, couvert en panne vieux rouge avec galons jaunes.

413 — Petit fauteuil de style Henri II, couvert en brocart d'or ancien et peluche bleu pâle.

414 — Grand fauteuil de style Louis XIII, en bois de noyer, couvert en tapisserie de Nimes.

415 — Fauteuil de style Henri II, en bois de noyer, couvert en cuir peint de style vénitien.

416 — Fauteuil tout recouvert et capitonné en toile flamande vieux bleu.

417 — Causeuse double en S, couverte en brocart ancien à fond jaune, avec rampe en peluche aventurine.

418 — Petite chaise Renaissance en bois de noyer, recouverte en cuir de style vénitien.

419 — Chaise en noyer de style portugais, couverte en peau gaufrée à dessin ton sur ton.

420 — Chaise de style Henri II, à arcades en bois de noyer, couverte en cuir du Levant grenat.

421 — Chaise de style Renaissance, en bois de noyer, recouverte en maroquin vieux vert.

422 — Petite chaise de style Henri II, en bois de noyer, lion héraldique, couverte en velours de Gênes vieux vert sur fond vert d'eau.

423 — Petite chaise Louis XV, en bois de noyer rehaussé d'or, couverte en lampas broché vert et or.

424 — Quatre petites chaises de style Louis XVI, en bois doré, modèle à crosse, couvertes en lampas broché.

425 — Chaise de style Louis XIV, en bois doré, couverte en velours de Gênes vieil or ton sur ton.

126 — Petite chaise de style Henri II, en bois de noyer, à arcades et colonnettes accouplées, couverte en cuir bleu.

127 — Chaise de style Renaissance, en bois de noyer à balustres, couverte en cuir grenat.

128 — Chaise de style Louis XV, à coquille bois laqué bleu et or, couverte en panne avec broderie.

129 — Deux petites chaises laquées blanc et or, couvertes en lampas vert.

130 — Petite chaise bambou doré, capitonnée en lampas à fond noir.

131 — Chaise de style Louis XIII, en marqueterie de bois sur fond noir et incrustations d'ivoire.

132 — Bois de fauteuil de style Renaissance, en bois de noyer.

133-142 — Environ trente sièges divers, tels que : fauteuils, chaises, tabourets, etc., la plupart garnis mais non couverts.

ÉTOFFES

143 — Deux panneaux de tapisseries Renaissance à personnages, avec bordure à la partie inférieure.

444 — Grande portière chinoise en soie ponceau brodée en soie de couleurs et or.

445 — Autre portière de même travail.

446 — Divers lambrequins de travail chinois.

447-454 — Huit robes japonaises brodées de nuances variées.

455-460 — Quatorze carrés japonais en soie brodée à fond bleu.

461 — Vingt-neuf morceaux de soie japonaise de diverses nuances.

462 — Environ vingt-cinq mètres d'étoffe japonaise de dessins et nuances variés.

463 — Six grands morceaux d'étoffe japonaise à fond rouge et décor d'or.

464 — Lot de soieries anciennes telles que : lambrequins, chasubles et morceaux de lampas.

465 — Store formé d'un tapis chinois brodé en soie.

466 — Quatre grands rideaux en drap bleu avec embrasses et passementerie.

467 — Divers lambrequins en drap bleu ornés de broderies.

468 — Environ trente-cinq mètres velours de Gênes cramoisi, style Louis XVI.

469 — Environ vingt-cinq mètres velours de laine de nuances variées.

470 — Environ soixante-quinze mètres de panne variée de nuances.

471 — Environ vingt-six mètres de velours gaufré de nuances diverses.

472 — Lot de cuirs et peaux diverses.

473 — Lot de drap, toiles, coutils, doublures diverses, taffetas, imberline, basins, cretonne, reps, etc.

474 — Lot de brocatelle variée de nuances.

475 — Environ quarante mètres de lampas de nuances et de dessins variés.

476 — Diverses coupes de tapis moquette.

477 — Lot de portières de Karamanie.

478-480 — Trois tapis d'Orient de dimensions variées.

Paris. — Imprimerie de l'Art, J. Rouam, imprimeur-éditeur, 41, rue de la Victoire, 41.

www.ingramcontent.com/pod-product-compliance
Ingram Content Group UK Ltd.
Pitfield, Milton Keynes, MK11 3LW, UK
UKHW020449180726
13839UKWH00004B/1729